Dominanter Freundin

Herrschaft und erotische Unterwerfung

Erika Sanders

Dominanter Freundin

Erika Sanders
Serie
Herrschaft und erotische Unterwerfung

Zusammenfassung

Nach Jahren der Abwesenheit ist Andrew wieder mit seiner alten Freundin vereint, die sich versöhnen will.

Aber sie ist nicht mehr dieselbe ... und ist boshaft und verletzt mit ihm.

Wird Andrew die neue, selbstbewusstere Veronica akzeptieren? Was wird sie tun, um sich für seinen Verrat zu rächen?

Dominanter Freundin ist ein Roman mit stark erotischem BDSM-Gehalt und wiederum ein neuer Roman aus der Erotic Domination-Sammlung, einer Reihe von Romanen mit hohem romantischen und erotischen BDSM-Gehalt.

(Alle Charaktere sind 18 Jahre oder älter)

Anmerkung zum Autorin:

Erika Sanders ist eine bekannte internationale Schriftstellerin, die in mehr als zwanzig Sprachen übersetzt wurde und ihre erotischsten Schriften, fernab ihrer üblichen Prosa, mit ihrem Mädchennamen signiert.

Index

Zusammenfassung

    Anmerkung zum Autorin:

    Index

    DOMINANTER FREUNDIN ERIKA SANDERS

    KAPITEL 1

    KAPITEL 2

    KAPITEL 3

    KAPITEL 4

    KAPITEL 5

    KAPITEL 6

    KAPITEL 7

    ZUSÄTZLICHE STUNDEN ERIKA SANDERS

    FANTASIEN: BDSM UND DREIE (EROTISCHE DOMINATION) ERIKA SANDERS

    KAPITEL 1

    KAPITEL 2

    ENDE

DOMINANTER FREUNDIN
ERIKA SANDERS

11

KAPITEL 1

Sie konnte nicht glauben, dass er in ihre Bar gegangen war ...

DEINE BAR !!

Hundert Bars in dieser Stadt, und er musste zu ihr gehen.

Blödmann!

Ja, er hatte ihr Herz gebrochen ...

Er hatte sie wegen dieser eleganten, mageren Blondine verlassen.

Aber sie saß nicht weinend da.

Scheiße, Scheiße!

Veronica verließ die Bar, um sich vor ihn zu stellen.

Seine Hände bewegten sich auf seinen Hüften ...

Sie war kein dünnes Mädchen.

Nein, er hatte starke Beine, Hüften und breite Schultern.

Ihre grünen Augen sahen zu ihm auf.

Eine rote Haarsträhne war von ihrem Pferdeschwanz gefallen.

Sie schüttelte gereizt das Gesicht.

Er hielt den Kopf gesenkt, die Ellbogen auf der Theke, als er ein Glas Soda betrachtete.

"Andrew!" Sie grunzte.

Sein Kopf hob sich langsam.

Ein zweitägiger Bart bedeckte sein Gesicht.

Es gab schroffe Linien auf diesem Gesicht, die vorher nicht da gewesen waren.

Das braune Haar war ungepflegt.

Seine Augen trafen ihre und wanderten dann schuldbewusst.

Wut flammte heiß und roh in seiner Brust auf.

Plötzlich fiel ihre Hand von ihrer Hüfte und sie schlug ihn hart auf die Wange.

Sie schlug ihn so hart, dass er den Kopf drehte.
Die Bar verstummte, als sich alle umdrehten, um zu schauen.

Robert eilte hinüber.
"Was machst du, Veronica?" Zischte er wütend.

Technisch war es ihre Bar, sie arbeitete dort.

Trotzdem hatte Andrew kein Recht, hierher zu kommen ... nicht nach dem, was er getan hatte.

Veronica richtete ihre brennenden Augen auf Robert und war bereit, ihn anzugreifen.
"Es ist okay, Robert." Sagte Andrew und hob eine Hand.
Mit dem anderen rieb er sich den Kiefer.

Ein leuchtend roter Fleck erschien auf seiner Wange.
"Sie hat das Recht wütend zu sein. Ich war ein Idiot."
"Glaubst du das?!!" Sie schnaubte. "Warum bist du hier, Andrew?"
"Ich bin gekommen, um zu sagen, dass es mir leid tut, Veronica." Er sah sie traurig an und sah sie schließlich an. "Ich muss es wieder gut machen."

"Oh, jetzt fühlst du es ... Jetzt fühlst du es? !!" Ihre Nasenflügel flackerten und sie taumelte, bereit wieder zu schlagen.

"Entspann dich, Veronica." Sagte Robert und zeigte auf den hinteren Flur. "Vielleicht solltest du gehen, Andrew."

Veronica stand fest und sah beide an.

Andrew nahm seine Lederjacke von der Rückseite des Hockers.

"Ich war dumm, Veronica, wirklich dumm!" Sagte er und wich zurück. "Ich muss mit dir reden. Ich bin jetzt nüchtern."

Er drehte sich um und ging zur Tür. Seine Reitstiefel schlugen auf den Boden.

Vero entspannte sich nicht, bis er das Summen eines Motorradmotors hörte, der sich auf dem Parkplatz entzündete.

KAPITEL 2

Kies knirschte unter seinen Stiefeln, als Veronica zu ihrem Auto ging.

Es war ihr Baby, der alte 79er Chevy, Silber und Chrom.

Roberts Honda stand in der Nähe.

Seine waren die einzigen Fahrzeuge, die noch auf dem Parkplatz der Bar standen.

Ich war nach der Arbeit erschöpft ... und das ganze Drama mit Andrew.

Eine Bewegung nach links erregte seine Aufmerksamkeit.

Eine schattige Gestalt ... außerhalb des Rings, der vom Parkplatzlicht geworfen wird.

Er näherte sich ihr.

"HALT!" Sie schrie.

Die Gestalt bewegte sich weiter auf sie zu ...

Eine sperrige Form, die sich mit Absicht bewegt.

Er bückte sich, griff in das Handschuhfach des Lastwagens und zog die Pistole heraus, die er dort für solche Situationen versteckt hielt.

Also hatte er in einer Sekunde seinen Smith und Wesson 9 Millimeter und seinen Arm ausgestreckt ...

Die Hand ruhte auf der Motorhaube des Lastwagens.

Das Geräusch der Waffenladung hallte durch den leeren Parkplatz.

"Oh Scheiße!" Zischte Andrew halb gefroren. "Oh Gott! Erschieß mich nicht, Vero!"

Beim Klang seiner Stimme senkte sie die Waffe und Adrenalin schoss durch ihre Adern.

Sie musterte ihn, als sie die Kugel aus der Kammer leerte.

Von seinem Motorrad war hier nichts zu sehen ... er muss etwas weiter die Straße hinunter gewesen sein.

Sie steckte die Waffe in den Bund ihrer Jeans.

Er sagte kein weiteres Wort, bis er es gerettet hatte.

Er ging auf sie zu, auf das Licht zu.

"Du bist zurück." Es war eine verärgerte Aussage, bei der ihre Lippen fest gespitzt waren. "Du solltest nicht im Dunkeln Leute verfolgen, Andrew."

"Keine Scheiße!" Er verzog das Gesicht und sah sie vorsichtig an. "Aber Veronica, ich muss wirklich mit dir reden ..." Er warf einen nervösen Blick auf die Tür der Bar.

Robert würde jeden Moment draußen sein.

Andrew wusste, dass der Mann nicht allzu glücklich sein würde, ihn wieder hier zu sehen.

"Ich habe nichts mit dir zu reden." Sie knurrte. "Es sei denn, du willst, dass ich dich wieder schlage."

"Das kannst du machen, wenn du willst ..." Er sagte es so leise, dass sie ihn kaum hörte.

"Was?"

"Ich sagte ... Du kannst mich wieder schlagen, wenn du willst." Diesmal etwas lauter.

Vero starrte ihn einen langen Moment an und ging dann um den Lastwagen herum, wo er war.

Sie warf ihre Hand mit einem lauten WHAM!

Er blieb stehen und absorbierte den Schlag mit geschlossenen Augen.

Plötzlich hob sie ihre Hand über seine offene Jacke und packte seinen muskulösen Nacken.

Seine Hand war genau dort, wo sich Nacken und Schulter trafen.

"Knie nieder und sag, dass es dir leid tut." Sie zischte die Worte.

Ihre Hand zog ihn.

Andrew zögerte einen Sekundenbruchteil, dann landeten seine Knie auf dem Boden.

Der Kies drückte sich durch die Jeans gegen ihre Haut.

Er sah sie im Licht an.

"Willst du das? Ich auf meinen Knien?" Ich frage.

Sie nickte leise und Wut verdunkelte ihre Augen.

Sie trat vor und trat mit der Spitze ihres Stiefels gegen seine Knie, um sie weiter auseinander zu drücken.

Er streckte die Hand aus, um mit einer Hand durch ihre Haare zu fahren, dann griff sie nach einer Handvoll und riss ihren Kopf zurück.

"Sag es dann ... Sag mir, dass es dir jetzt leid tut." Sie sprach in einem leisen, heiseren Ton.

"Es tut mir so leid, Veronica", kam seine gemurmelte Antwort, während er ein atemloses Schluchzen zurückhielt.

Für eine Sekunde sah es so aus, als würde sie ihn küssen.

Aber sie überlegte es sich besser, zog sich zurück und ließ ihn stattdessen los.

Er stöhnte über ihre Abwesenheit und vermisste diesen Kuss.

Aber er war auch fast überrascht von den Worten, die er über die Schulter geworfen hatte

"Folge mir nach Hause."

KAPITEL 3

Sein Zuhause war immer noch der Wohnwagen, der am Rande der Wüste auf einem fünf Hektar großen Grundstück geparkt war.

Das Mondlicht war so hell, dass es Schatten über die Landschaft warf.

Sie parkte ihren Lastwagen und sah zu, wie seine Harley über die Auffahrt zum Grundstück fuhr.

Eine Markise erstreckte sich über die Vorderseite des renovierten alten Wohnmobils und warf einen dunklen Schatten.

Sie ging zur Tür und verließ ihn, um ihm auf seinem Weg zu folgen.

Andrew blieb stehen, um sich umzusehen.

Das war früher sein Zuhause.

Sie hatte es gut behalten.

Vor drei Jahren ...

Die Erinnerungen trafen ihn wie ein Schlag.

Er fiel fast auf die Knie zurück ...

Alles, was er zu wissen schien, war ständig zu kämpfen, eine Art Machtkampf.

Er hat viel mit den Leuten vom Motorradclub gefeiert.

Sie arbeitete an der Bar.

Da war eine dumme Blondine hinter ihm, wann immer sie konnte.

Veronica war wütend.

Er sagte ihr, sie solle sich entspannen, ihm vertrauen.

Sie wollte, dass ich dem Mädchen sage, dass es sich verlaufen soll ...

Er sagte, es sei seine Pflicht, dies zu tun ... damit die Hündin weiß, dass er nicht auf dem Markt erhältlich ist.

Er hat ihr nie gesagt, dass mit diesem Mädchen nichts passiert ist.

Er bestand nur darauf, dass sie ihm vertraute und sagte ihr, sie solle sich keine Sorgen machen.

Aber eines Nachts wurde es schlimmer.

Ein weiterer großer Kampf, Veronica weint in der kleinen Küche.

Er war wieder betrunken.

Sie zog die Trailerpapiere aus einer Mappe und er gab sie ihr ... warf sie auf den Tisch.

Dann packte er seine Rucksäcke und ging für die Nacht.

Blöd!

Er hat sie hier allein gelassen ...

So weit weg von seinen Freunden und seiner Familie.

Auf den Nebenstraßen brauchte er zwei Wochen, um in den Staat Washington zu gelangen.

Also war er immer noch sauer auf sie.

Er bekam einen Job als Holzfäller.

Er brauchte ungefähr drei Monate, um den Fehler zu erkennen, den er gemacht hatte ...

Ja, er war ziemlich dumm.

Als er merkte, was er tatsächlich getan hatte, war es ihm zu peinlich, nach Hause zu gehen oder sogar anzurufen.

Er brauchte drei Jahre, um sich zu entscheiden, zumindest zu versuchen, nach Hause zu gehen.

'Ich mache hier nichts', dachte er und sah zu, wie die Lichter im Wohnwagen angehen ...

Aber da war etwas, als er heute Abend für sie gekniet hatte ... richtig?

Hatte er diesen Ausdruck der Begierde in ihren Augen missverstanden?

Er ging zur Tür und klopfte an.

KAPITEL 4

Ein gedämpftes "Come in" ertönte von innen.

Mit dem Herzen im Hals öffnete Andrew die Metalltür und stieg die Treppe hinauf.

Vero saß fast an der gleichen Stelle, an der sie in der Nacht gewesen war, als er gegangen war ...

Nur jetzt weinte sie nicht.

Jetzt hatte sie die Arme verschränkt und sah ihn mit steinernem Blick an.

Ja, es war in den letzten Jahren schwieriger geworden ... Daran bestand kein Zweifel!

Ein Paar Handschellen wurde auf den Tisch gelegt.

Er sah sie neugierig an.

Sie war immer dominant gewesen ... sogar aggressiv, aber niemals böse.

Sein Schwanz begann in seiner verblichenen Jeans heftig zu pochen.

Sie waren zu eng, um etwas zu verbergen.

Sie sah mit hochgezogener Augenbraue auf seinen Schritt.

"Du bist vor langer Zeit gegangen, Andrew."

Von dem süßen Lächeln, das dieses sommersprossige, sonnengeküsste Gesicht beleuchtete, war keine Spur zu sehen.

"Er war ein Idiot", sagte sie und fragte sich, wie oft sie das noch sagen musste.

"War es? Hat sich etwas geändert?" Ein sehr harter Blick.

"Ja ... ich bin aufgewachsen. Mir wurde klar, wie sehr ich dich liebe, wie sehr ich dich brauche."

Vielleicht war das eine schlechte Idee gewesen, zurück zu gehen.

Vielleicht würde sie es nie wieder akzeptieren ...

Ich würde ihm niemals vergeben.

"Hat die blonde Hure dich verlassen? Kriechst du deshalb zu mir hinüber?"

"Ich war nie mit diesem Mädchen zusammen, Veronica. Sie hat einfach aufgelegt. Ich ... ich hätte es dir sagen sollen. Ich hätte ihr sagen sollen, dass sie sich verlaufen soll ..." Er fühlte sich erschöpft und traurig.

"Was?" Sie runzelte die Stirn. "Was zum Teufel, Andrew ... Bei all den Kämpfen, die wir geführt haben, warst du nicht einmal bei ihr? Warum?"

"Ich wollte mit dir zusammen sein ..." Er senkte seinen Blick und legte ihn in seinen Stiefel auf den Boden.

"NICHT!!" Sie brüllte. "Ich meine ... warum hast du mir nicht gesagt, dass du nicht bei ihr bist? !!"

Sie war von der Sitzbank aufgestanden und hatte ihre Faust auf die Vorderseite seines Hemdes gelegt.

Er musste nicht weit schauen, um Augenkontakt herzustellen.

Er war nur ein paar Zentimeter größer als sie.

Sie schob ihn zurück, und er verlor das Gleichgewicht und klammerte sich an die Theke.

Keuchend fand er sein Gleichgewicht wieder, war aber offen für alles, was sie wollte, und machte keine einzige Bewegung, um sich ihrem Griff zu entziehen.

Vor drei Jahren hatte er sich von ihr zurückgezogen und war gegangen.

Aber sie berührte ihn jetzt ... das war genug für ihn.

Sein Atem stockte, als er nach unten sah.

Sie war wieder da, mit dieser Lust in den Augen.

Seine Brust hob und senkte sich schnell.

Sie sah ihn an ...

Ein herausfordernder Blick.

Er hielt ihren Blick für ein paar Sekunden fest und sah dann weg ... gab nach.

Das habe ich nie getan.

Ein summendes Gefühl erfüllte ihn und ihm wurde schwindelig.

Er blickte mit den Fäusten auf dem Tisch zurück und schauderte.

"Es war dumm ... reine Dummheit ...", sagte er und richtete seine Augen wieder auf ihre ... versuchte sie in sein Herz sehen zu lassen.

Ihr Gesicht wurde etwas weicher und sie ließ sein Hemd los ... kehrte zum Tisch zurück und setzte sich mit einem Seufzer.

"Wo warst du die ganze Zeit?" Sie sah ihn nicht an ... sie schaute aus den dunklen Fenstern des Anhängers.

"Washington ... Holzfäller." Er wusste, wie verrückt es für sie klingen musste.

"Warum?" Sie runzelte erneut die Stirn und sah eher verwirrt als wütend aus.

"Weil ich verblüfft war ..."

"Ich weiß ... ich habe dich die ersten sechs Male gehört! Du warst dumm und ein Arschloch ... das habe ich!" Sie war wieder wütend. Seine grünen Augen blinken ... "Aber drei Jahre lang, Andrew?"

"Ich wusste bis jetzt nicht, wie ich sagen sollte, dass es mir leid tut." Murmelte er und breitete die Hände aus.

Sie musste sich vorbeugen, um ihn zu hören, dann lehnte sie sich zurück und nickte abwesend.

Zwei volle Minuten der Stille vergingen.

Andrew stand sehr still und wartete darauf, dass sie mit dem Nachdenken fertig war.

Plötzlich brach seine Stimme die Stille.

"Könntest du wieder für mich niederknien, Andrew?" Sie drehte sich zu ihm um und wünschte sich wieder Dunkelheit in ihren Augen.

Er schluckte, kniete sich wieder hin und hielt die Augen niedergeschlagen.

Die Härte seiner Erektion war schmerzhaft und er wurde vor Verlegenheit erhitzt.

Er hörte sie aufstehen und sah ihre Stiefel in seine Sichtlinie kommen.

Wieder trat sie gegen seine Knie und er hörte ein Stöhnen.

Er brauchte eine Sekunde, um zu erkennen, dass das Geräusch aus seiner eigenen Kehle kam.

"Zieh dein Shirt aus." Sie sagte, die trockenen Worte seien wie Messer.

Andrew knöpfte schnell genug Knöpfe auf, damit das Hemd über seinen Kopf gleiten konnte, und zog es zuerst vom Bund seiner Gürtelhose ab.

Und dann zog sie es aus und strich sich noch mehr durch die Haare.

Bevor er herausfinden konnte, was er mit dem Hemd anfangen sollte, nahm sie es aus seinen Händen und warf es auf einen der Anhängersitze.

Sie ging um ihn herum und fuhr mit einer Hand über seine harten Schultern und seinen Rücken.

"Verdammt, Andrew ... du bist wirklich sehr stark geworden ..."

Er hatte sehr starke Muskeln, die er durch harte Handarbeit als Holzfäller erhalten hatte.

Sie kam vor ihm zurück und fuhr mit einer Hand durch das hellbraune lockige Haar auf seiner Brust.

Als nächstes umkreiste seine Hand eine ihrer kleinen Brustwarzen, und dann drückte er sie fest zwischen seine Fingerspitzen.

Er grunzte, verzog das Gesicht und war an den scharfen, durchdringenden Schmerz nicht gewöhnt.

Sie war noch nie so gewesen ...

Sie hatten immer wie normale Leute gefickt, und es war gut gewesen.

Sie hatten auch mündlich gesprochen, sie gaben beiden ein gutes Gefühl ...

Aber das ... das hatte ihr Herz rasen lassen und ihr Gehirn außer Kontrolle geraten.

Sie drückte die andere Brustwarze und er stöhnte erneut.

Hatte er irgendwo seinen Kopf getroffen?

War das ein Traum?

Der Schmerz, der ausbrach, als sie beide Brustwarzen zuckte und ihn zurück in die Realität brachte.

Er stieß einen heiseren Schrei aus, saugte Luft in seine Brust und griff nach der Theke ... um aufzustehen.

Was hat Sie gemacht?

Eine Hand drückte auf ihre Schulter, und sie packte eine Handvoll Haare und zog ihren Kopf wieder zurück.

"Wenn du aufstehst, ohne dass ich es dir befehle, wirst du zu dieser Tür gehen ... Verstehst du?"

Sie sprach langsam, als sie sich zu seinem Ohr beugte.

Er nickte und fiel wieder auf die Knie.

Heilige Scheiße, was war los?

Abrupt zog sie sich von ihm zurück zum Tisch.

Ähm, dieser schöne Arsch ...

Aber sie wurde durch ein Klirren von Metall abgelenkt, als sie die Handschellen vom Tisch nahm.

Oh Scheiße!

Sein Schwanz pochte wie verrückt und für eine Sekunde dachte er, er könnte hyperventilieren.

"Steh auf und dreh dich um." Sie sagte.

Seine Stimme hatte jetzt eine Art ruhiges Selbstvertrauen.

Das war etwas Neues

Er stand auf und drehte sich um und wartete.

"Leg deine Hände hinter deinen Nacken, Andrew"

Er sagte es, als ob sie sicher wäre, dass er es tun würde ... und er tat es und verschränkte sogar ihre Finger.

Aber als sich das Metall um sein linkes Handgelenk schloss, bekam er ein wenig Angst.

KAPITEL 5

"Hast du die Schlüssel dafür, Veronica?"

Er versuchte sie über seine Schulter anzusehen.

Sie ignorierte ihn und hielt die andere Handschelle um ihr rechtes Handgelenk.

Dann stand sie wieder vor ihm und zog an einer Kette, die an ihrem Hals hing.

Ich hatte es vorher nicht bemerkt.

Die Kette hing im Ausschnitt ihres "Robert's Bar" -T-Shirts.

Er nahm es heraus und zeigte einige kleine Schlüssel zu den Handschellen, die am Ende der Kette hingen.

Er nickte erleichtert seufzend und war überrascht von dem Lächeln, das auf seinen Lippen erschien.

"Wie viele Jungs hast du so eingesperrt, Vero?" Fragte er schluckend.

"Du bist mein erster", sagte sie nachdenklich.

"Warum hast du dann die Schlüssel getragen?" Es war ihm unangenehm, diese Fragen zu stellen, während er in Handschellen war.

"Ich habe darauf gewartet, dass der richtige Mann kommt." Die Worte klangen eher nach einem Gedanken als nach einer Antwort ...

Gott, das war alles so verwirrend ... aber so aufregend!

Er war hergekommen, um sich bei ihr zu entschuldigen ... aber wer war diese Frau jetzt?

Das warme Kribbeln in seinen Bällen sagte ihm, dass jeder, der sie war, seine ungeteilte Aufmerksamkeit hatte.

"Lass uns ins Schlafzimmer gehen." Erklärte sie, als ihre Hand unter den Gürtel auf der Rückseite ihrer Jeans glitt, um ihn zu führen.

Sie schob ihn den schmalen Flur hinunter.

Um durch den engen Raum zu kommen, musste er seine Ellbogen um seinen Kopf beugen.

Er wurde durch die Schlafzimmertür geschoben.

Das Bett war sorgfältig gemacht, das Zimmer ordentlich, bis auf zwei Gegenstände, die ihm auffielen.

Auf der Bettdecke befanden sich eine Zeitschrift und ein rosa Vibrator.

Die Zeitschrift ließ ihn abrupt anhalten und sie stolperte fast über seinen Rücken.

Auf dem Cover war ein Mann auf den Knien, ein runder schwarzer Ballknebel an seinem Mund.

Ein Seil kreuzte den Körper des Mannes und band seine Arme fest an seinen Oberkörper.

Eine Art Metall hielt jede Brustwarze.

"Sklave für dein Vergnügen" erschien oben auf der Seite.

Er erstarrte, bis sie sich um ihn herum bewegte und das Magazin und den Vibrator vom Bett fegte.

"Oh, aus Liebe zu Gott ... Es ist nur Porno!"

Sie klang genervt, als ich es in eine Nachttischschublade warf.

Sein Hals arbeitete daran, die richtigen Worte zu finden, aber er war zu fassungslos ...

Betäubt, dass seine süße Veronica so etwas haben könnte.

Hitze erfüllte sie und das Bild des gefesselten Mannes wurde in ihr Gehirn eingraviert.

Ein heftiger Ruck an seinem Arm brachte ihn zurück in die Realität.

"Bleib vor dem Bett, Andrew."

Sobald er den Rücken zum Bett hatte und die Handschellen fast den Rahmen berührten, machte sich Veronica an die Arbeit an seinem Gürtel.

Als sie es aufknöpfte, strichen ihre Knöchel über die warme Haut ihres Bauches.

Eine Reihe weicher, dunkler Locken zeichnete sich in der Mitte ihrer Bauchmuskeln ab und rutschte in ihre Jeans.

Sie beobachtete dies mit Befriedigung, als sich die Muskeln bei Berührung zusammenzogen und ihre Atmung aufhörte.

Langsam knöpfte er ihre Hose auf und schob sie dann herunter.

Der Umriss seines dicken Schwanzes befand sich an der Seite seiner Fliege, in schwarzen Baumwollslips, die sie bequem hielten.

An der Spitze dieser Ausbuchtung befand sich ein feuchter Bereich.

Sie spürte ein Summen von Hitze in sich aufsteigen, als sie ihn sah.

Dies wäre viel besser als das Betrachten von Zeitschriften und Websites!

Schnell zog sie seine Hose bis zu den Knöcheln herunter.

Dann fing er an, ihre Unterwäsche von ihren Hüften zu ziehen ...

Um den Schwanz nicht zu berühren, der aus den Grenzen ihrer Kleidung ragte, drückte sie die Unterwäsche nach unten, um sich mit ihrer Jeans niederzulassen.

Sie erhob sich, hob ihre mit Handschellen gefesselten Arme über seinen Kopf und brachte sie vor ihrem Körper zur Ruhe.

"Entspann dich." Befahl sie, als sie ihn grob auf das Bett zurückschob.

"Beweg dich nach oben."

Mit verschränkten Armen sah sie, wie er sich unbeholfen auf dem Bett ausstreckte.

Es war eine schwierige Aufgabe, seine Hände und Füße behinderten.

Sobald er nach ihrem Geschmack positioniert war, trat sie an seine Seite und legte eine Hand auf diesen straffen Bauch.

"Legen Sie Ihre Hände auf Ihren Kopf."

Das Bett befand sich auf einem handgefertigten Plattformrahmen mit einem eingebauten Kopfteil.

Das Kopfteil enthielt Metallgeländer.

Veronica hatte es mit ihrem Zimmermannsfreund Cliff vor einem Jahr getan.

Sie liebte es ... konnte es kaum erwarten, es endlich so zu benutzen, wie sie es ursprünglich beabsichtigt hatte.

Wie viele Nächte hatte er davon geträumt?

Er zog seine Stiefel aus, kletterte auf das Bett und setzte sich auf seine Brust.

Er zog die Kette von seinem Hemd und beugte sich über ihr Gesicht vor und öffnete eine Manschette.

Dann fuhr die Handschelle über eine der Metallschienen und befestigte sie wieder an seinem Handgelenk.

Andrew rieb sein Gesicht an ihren Brüsten, als sie über sie glitten.

Knurrend lehnte sie sich zurück und schlug ihm zum dritten Mal in dieser Nacht hart ins Gesicht.

"Habe ich dir gesagt, dass du das tun sollst?" Fragte sie und starrte ihn an.

Er schüttelte leicht den Kopf, schien sich aber nicht zu entschuldigen.

Er nahm eine Brustwarze und drehte sie fest.

Sein Körper zuckte unter ihr und er stöhnte.

Sie griff nach dem anderen und er versuchte sich zu entfernen ...

"Es ist in Ordnung!" Keuchend. "Entschuldigung ... ich werde es nicht wieder tun."

Er leckte sich nervös über eine Lippe, aber als sie zurückrutschte, streifte ihre Jeans grob seinen harten Schwanz.

Sie sah sich selbst an und dann zurück zu ihm.

Ihr Blick veränderte sich wie verlegen.

Er sah nach unten und ging zur Schlafzimmertür.

"Ich gehe duschen. Ich rieche nach der gleichen Bar."

Sie drehte sich um und sah ihn wieder an ... mit Handschellen an ihr Bett gefesselt, nackt bis auf die Kleidung, die sich um ihre Knöchel und ihre Bikerstiefel verhedderte.

Sein Schwanz war aufrecht und pochte und tropfte von Precum.

Ein Schauer durchlief sie und dieses Mal war ihr Knurren von ursprünglicher Lust geprägt.

"Gehe nirgendwo hin".

Und er kam mit einem heiseren Flüstern heraus.

"Du wirst mich nicht so verlassen, oder, Veronica?" Fragte er mit flehenden Augen.

Sie lächelte ihn sadistisch an und verließ den Raum.

KAPITEL 6

Es schien für immer, dort zu warten und an das Bett gefesselt zu sein.

Andrew hörte das Geräusch von ihr in der Dusche.

Für einen Moment fragte er sich, ob er aus den Handschellen herauskommen könnte, wenn er wollte.

Nein, das war nicht möglich.

Das gab ihm ein paar Momente der Panik, aber dann zwang er sich, sich zu beruhigen ... und zuzugeben, dass er wirklich nicht raus wollte.

Er dachte eine Weile darüber nach und sein schlaffer Penis wurde lebendig.

Er stöhnte und wünschte, sie würde sich beeilen ... wissend, dass sie ihren süßen Moment genoss.

Schließlich beendete sie das Duschen und betrat den Raum in einem weichen weißen Gewand.

Er ging zu einer Schublade und durchsuchte sie.

Ihr rotes Haar war gekämmt und hing feucht über ihren Schultern.

Sie nahm einige Dinge aus der Schublade, verließ den Raum wieder und sah ihn nicht einmal an.

Die Melodie, die sie summte, erregte die Aufmerksamkeit seines Ohrs.

Andrew folgte ihr mit seinem Blick.

Nachdem er sich angezogen hatte, kehrte er ins Zimmer zurück.

Sie trug ein enges, tief geschnittenes weißes T-Shirt, das ihre großen Brüste und ihre schlanke Taille enthüllte.

Mit einer schwarz-weißen karierten Shorts, die einen flachen Bauch und volle Hüften zeigt.

Sie trat an seine Seite.

Mit den Fingerknöcheln einer Hand fuhr er über ihre haarsträubende Kieferlinie.

Sie liebte es immer noch, wie mit diesen verletzlichen Augen.

Knöchel kamen hoch, um ihre Lippen zu verfolgen, und sie steckte einen Finger in seinen Mund.

"Saugen Sie sie." Sagte sie und hob einen zweiten Finger an ihren Mund.

Er schluckte, saugte sanft und schlang seine Zunge um sie.

"Du brauchst ein Wort." Sagte sie und pumpte ihre Finger in und aus ihrem Mund. "Ein Wort, um mir zu sagen, ob das, was ich tue, zu viel ist ... wenn du wirklich brauchst, dass ich aufhöre."

Sie riss ihre Finger von seinem Mund und er leckte seine Lippen.

"Du hast nichts getan, mit dem ich nicht umgehen kann." Murmelte er leise.

"Oh, wir haben wirklich noch nicht angefangen, Andrew!" Sagte sie mit einem kurzen Lachen. "Sag mir ein Wort".

"Erweichen", sagte er nach kurzem Zögern.

Es war eines der wenigen Dinge, die mir damals in den Sinn kamen.

"'Erweichen' ist, also ... Erinnerst du dich daran, okay?"

Sie wartete, bis er nickte, stand dann auf und ging zu einem Tisch in der Nähe.

Das Licht nahm zu, als er einige Kerzen anzündete.

Sie nahm eine Flasche Babyöl, griff hinüber und goss es großzügig auf seine Brust und seinen Bauch.

Mehr goss auf seinen Schwanz und seine Eier.

Er hielt den Atem an, als sie begann, das Öl mit ruhigen Händen über ihn zu verteilen.

Sie breitete es auf ihren Brusthaaren aus.

Dann starrte sie ihm in die Augen, streichelte das Öl über seinen Schwanz und seine Eier und umkreiste ihn in ihrem Haarnest.

"Ich brauche kein Wort, um das zu stoppen!" Sagte er mit einem kleinen Lachen.

Sie hob eine Augenbraue, trocknete ihre Hände an dem Handtuch, das sie trug, und stand auf.

Sie nahm eine weiße Kerze, die auf dem Tisch angezündet war.

Es war ungefähr zwei Zoll dick.

Sie legte sie ein paar Meter über ihrem Bauch auf den Boden und sah zu ihm auf.

Er schluckte und zuckte zusammen.

Die Kerze lehnte sich langsam durch ihre Hand und das heiße Wachs lief auf ihren Bauch.

"Ahhhh ...", stöhnte er und streckte seine Bauchmuskeln.

Er schnappte eine Minute nach Luft.

Sie sah zu und wartete, bis er wieder ihre Aufmerksamkeit bekam.

Jetzt war die Kerze an ihrer linken Brustwarze.

Sein Atem ging in kleinen Stößen, seine Augen waren auf die Kerze gerichtet.

Ein Stöhnen, als das Wachs auf ihre Brustwarze spritzte und über ihre Seite trieb.

Veronica blickte nach unten und war erstaunt zu sehen, wie hart sein Schwanz geblieben war.

Langsam senkte er das Segel, um über diesem pochenden Muskel zu schweben.

Wieder folgten ihre Augen ihm und weiteten sich dann.

"Nein ... nein ... nein, Veronica, bitte !!" Er spannte sich gegen seine Fäuste und schüttelte den Kopf.

"Du hast ein Wort, erinnerst du dich?" Fragte sie mit hartem Gesicht. "Wirst du es benutzen?"

Er blieb einen Moment stehen und sah sie an.

Er würde dieses Wort sagen müssen, wenn er wollte, dass dies endet.

Kopfschüttelnd ließ er sich gegen das Bett fallen.

Seine Augen schlossen sich, sein Gesicht wurde rot.

Veronica saß da und hielt die Kerze in der Hand und ließ mehr Wachs aufbauen ... und wartete darauf, dass er sie wieder ansah.

Nach einer Sekunde öffnete er die Augen.

"Bereit?"

Die Frage kam, als sie sah, dass sein Blick auf sie gerichtet war.

Eigentlich war es eher eine Aussage als eine Frage.

Er schob die Hände nach oben, ergriff die nächsten Kopfschienen und hielt sie fest.

Dann nickte er.

Diesmal hielt er es etwas höher und kippte die Kerze.

Langsam ließ er es tropfen, um auf seinen Schwanz zu spritzen, und tropfte auch über seine Eier.

Tropfen um Tropfen fielen herunter.

Stöhnend und zitternd fiel sein Kopf zurück, als die starken Empfindungen ihn trafen.

Sie tropfte weiter Wachs.

Jetzt an ihren Brustwarzen und an ihrer Brust ... und wieder an ihrem Bauch.

Sein Oberkörper war mit weißem Wachs bedeckt ...

Als seine Augen ihre trafen, sah er benommen und betrunken aus.

Ihr Gesichtsausdruck war jetzt weich.

Er setzte die Kerze wieder in die Halterung und beugte sich ein paar Zentimeter über ihr Gesicht.

Mit ihrer Hand umklammerte sie eine Handvoll seiner Haare und gab ihm schließlich diesen Kuss auf den Mund.

Er teilte seine Lippen, um sie willkommen zu heißen, stöhnte und ließ sich von seiner Zunge plündern.

Der Kuss war invasiv und fordernd.

Keuchend ließ er sich von ihr mitnehmen, wohin sie wollte.

Dies war eine Seite von ihm, von der er nie gedacht hatte, dass sie existiert.

Er tat ihr etwas an und durchbohrte sie mit rohem Hunger.

Er griff nach den Schlüsseln an den Handschellen und bewegte sich schnell, um sie zu entsperren.

Er schien verwirrt zu sein.

Sie küsste ihn erneut.

"Zieh deine Stiefel und Hosen aus", beharrte sie heiser.
Er war schnell zu gehorchen, als sie ins Badezimmer ging.

KAPITEL 7

Als sie den Raum verließ, arbeitete er schnell daran, das Durcheinander von Stiefeln, Jeans und Boxern zu entwirren.

Er hörte das Wasser im Badezimmer fließen.

"Wisch das Wachs von deinem Schwanz und deinen Bällen ab." Sie befahl ihm und kehrte mit einem warmen Tuch und einem Handtuch zurück.

Er war überrascht, wie leicht sich das Wachs mit dem Öl darunter ablöste.

Er sah von niedrigen Lidern auf sie herab, atmete sanft und folgte schnell ihrem Befehl.

Ihm war schwindelig.

Sie ging zum Schrank, während er sich aufräumte.

In einem der Regale stand ein Karton. Sie hob ihn hoch und stellte ihn auf einen Stuhl in der Nähe.

Er konnte eine Vielzahl von seltsamen Dingen in sich sehen ... und einige Dinge waren noch in den Umschlägen.

Die Schachtel verwirrte ihn ...

Hatte er diese Dinge gekauft? Lederwaren?

"Knie auf dem Bett." Befahl sie und zog etwas aus der Schachtel.

Sein Atem beschleunigte sich, als er auf das Bett kletterte und sich hinkniete.

"Hände an deinen Seiten."

Er senkte die Hände und zitterte ein wenig.

Das war so verrückt ...

Er war gerade gekommen, um zu sagen, dass es ihm leid tut, was passiert war.

Aber er konnte jetzt auf keinen Fall raus, auf keinen Fall!

Und sie hatte ihn geküsst ...

Das war genug für ihn zu bleiben.

Er schaute auf das, was sie hielt ... es war eine schwarze Lederhalskette, ungefähr zwei Zoll breit, mit einem Metallring auf der Vorderseite.

Oh Scheiße!

"Wirst du mir das anziehen?" Fragte er nervös und schluckte schwer.

Sein Schwanz pochte.

Ein feierliches Nicken war seine Antwort.

Mit zwei Fingern hob er ihr Kinn hoch und dann befestigte sie die Kette um seinen Hals.

Er hatte ein brennendes Gefühl, das bis in seine Leistengegend reichte.

Warum machte ihn das an?

Sie trat einen Schritt zurück und bewunderte ihn mit diesen Augen voller grüner Lust.

Das Leder fühlte sich überwältigend an ihrem Hals an.

Er versuchte in ihre Augen zu schauen, musste sie aber schließen.

Er senkte verlegen den Kopf.

"Du gehörst jetzt mir, richtig Andrew?"

Er konnte ihren Körper so nah fühlen, als sie die Worte in sein Ohr atmete.

Er nickte und traute ihrer Stimme nicht.

Sie streckte die Hand aus, um das Wachs von ihren Brustwarzen zu bürsten, und bürstete die Spitzen mit ihren Fingern.

Gänsehaut bildete sich auf ihrer Haut, als er unter ihrer Berührung zitterte.

Plötzlich drehte er sich um und ging zurück zur Kiste.

Sie kam mit einer Art Lederband zurück.

Andrew schluckte, blieb aber still und wickelte dicke Lederbänder um seine Schenkel.

Sie ließ ihn wieder knien, zentriert auf dem Bett.

Dann band sie Bänder um seine Handgelenke und band sie an die Außenseite der Oberschenkelbänder.

Gelegentlich blieb sie bei ihrer Arbeit stehen, um ihn eifrig anzustarren.

Dann trat sie hinter ihn und stellte die Bänder um seine Knöchel ein.

Sie brachte ihn in eine breitere kniende Position und befestigte einige kurze Metallketten von den Knöcheln bis zu den Oberschenkeln auf beiden Seiten.

Jetzt war er bewegungsunfähig.

Handgelenke und Knöchel an den Oberschenkeln befestigt.

Muskulös festgehalten.

Er wehrte sich gegen Panik.

"Habe ich das Wort noch, wenn ich es brauche?" Fragte er mit zusammengebissenen Zähnen, den Kopf zurückgeworfen.

"Ja", sagte Veronica und ging erneut durch die Schachtel.

Sie stand wieder vor ihm, die Gegenstände in der Hand.

"Willst du jetzt dein Wort benutzen?"

"Äh, äh", sagte er kopfschüttelnd "nein" und bewegte die Kette gegen seinen Hals. "Ich muss nur wissen, dass diese Möglichkeit immer noch besteht."

Seine Brust hob und senkte sich mit seiner Anstrengung, seine Atmung zu kontrollieren.

Aber aus irgendeinem seltsamen Grund war sein Schwanz steinhart und tropfte Flüssigkeit auf sein Bett.

Sie griff wieder nach dem Babyöl und rieb etwas über seinen geschwollenen Schwanz.

Er fühlte sich himmlisch und schob seine Hüften so weit nach vorne, wie es die Fesseln erlaubten.

Schnell schlug sie ihn mit ihrer offenen Handfläche.

Er stöhnte und schob sich wieder vorwärts, unfähig sich aufzuhalten.

"Ruhe." Befahl sie mit einem kleinen Knurren in ihrer Stimme.

Er nickte und schluckte gegen ihren Hals.

Langsam legte sie einen schwarzen Gummiring auf seinen pochenden Schwanz.

Er sah erstaunt zu, wie sein Schwanz noch mehr wuchs und Adern über sein Glied ragten.

Es schimmerte aus dem Öl.

"Heilige Scheiße!" Er stöhnte und wünschte, er könnte es ertragen.

Aber er war von diesem Gedanken abgelenkt, als sie zur Kiste zurückkehrte ... und ein Päckchen aufstemmte.

Was jetzt?

Er stand vor ihm und hielt einen kegelförmigen schwarzen Gummigegenstand in der Hand.

Ist das ein Butt Plug?

Ich hatte sie schon einmal in Pornoläden gesehen ...

Ein Schauer durchlief ihn.

Nein ... oh verdammt nein!

Er begann den Kopf zu schütteln.

"Komm schon Veronica ... Auf keinen Fall ... das ist nicht was ich denke es ist ... oder?"

Er konnte seine Augen nicht davon lassen.

"Es ist, Andrew ... es ist das, was du denkst ... aber nicht das Beste, das ich habe. Du kannst damit umgehen. Bist du noch Jungfrau dort?"

Sie sah ihn an.

Er nickte bei ihrer Frage und schüttelte sich dann.

"Natürlich bin ich das! Das kannst du mir nicht auf den Hintern legen ... Komm schon, Baby, du meinst es nicht ernst! Bist du?"

Er zog an den Fesseln.

Sie stand ruhig vor ihm, ihre Beine kreuzten sich sexy, ihr Arschloch war mit einer Hand bedeckt und das Schmiermittel mit der anderen.

"Ich denke du kannst damit umgehen ... für mich." Sagte sie ruhig.

Er schüttelte erneut den Kopf, aber er hatte aufgehört, gegen seine Fesseln zu kämpfen.

"Für mich." Sagte sie noch einmal in einem heiseren Ton.

Langsam trafen seine Augen ihre.

"Wirst du mich wieder küssen?" Fragte er mit zittriger Stimme.

Er konnte nicht glauben, dass er damit einverstanden war.

Es war alles so verrückt.

Sie nickte und hielt Augenkontakt.

"Ja, ich werde dich auf jeden Fall wieder küssen, wenn du das für mich tust."

"Okay ... aber hörst du auf, wenn das zu weh tut?" Er fühlte sich verzweifelt und verängstigt.

Sie warf den Arschphallus und das Schmiermittel auf das Bett und kletterte neben ihn.

Sie beugte sich vor und strich mit ihren Lippen über seinen Nacken.

"Ich habe dich Baby." Sie flüsterte.

Er nickte zitternd, beruhigte sich aber.

Er sagte ihr vor vielen Jahren dieselben Worte, als sie lernte, auf dem Rücken ihres Fahrrads zu fahren.

OK, sie erinnerte sich auch daran, sie erinnerte sich, als die Dinge gut waren.

Er nickte erneut.

Veronica, die hinter seinem muskulösen Rücken und Arsch auf dem Bett kniete, bewunderte die Aussicht.

Sie liebte die Art, wie er aussah, gefesselt in dieser Position ...

Er liebte es, wie sie sich immer wieder seinen dunkelsten Wünschen unterwarf ...

Lass ihn seine Halskette tragen!

Ein Schauer durchlief sie und sie streichelte seine Arschbacke.

Er spannte sich an und wartete.

"Entspann dich ...", murmelte sie und rieb sich den Anus.

Sobald dies erledigt war, rieb sie einen Finger durch sein enges Loch.

Ein starkes Zittern schoss durch ihn, als er stöhnte.

Sie zog ihre Hand zurück, griff nach dem Schmiermittel und schmierte es an einem Finger.

Sie verteilte eine Menge Schmiermittel an der Außenseite ihres Lochs.

Ein Keuchen und er ließ seinen Kopf zurückfallen und lehnte seinen Körper an ihre Waden.

Der Raum war eng, aber sie konnte immer noch ihre Hand unter ihn führen, langsam einen Finger über seinen engen Arsch.

"Ohhhh ..." Er atmete leise aus.

Es war nicht gerade das Geräusch von Unbehagen.

Ein Lächeln breitete sich auf Veronikas Gesicht aus, als sie einen zweiten Finger nach innen fuhr.

Ein weiteres Stöhnen belohnte seine Bemühungen.

Sie benutzte ein wenig ihre Finger, um ihn zu entspannen.

Er zuckte zusammen und stieg von seinen Waden.

Sie spürte, wie der enge Eingang ein wenig nachgab.

Sie streckte die Finger aus, ergriff den phallusförmigen Stopfen und schmierte seine Länge großzügig ein.

Es war nicht riesig, aber sie wusste, dass er es auf diesem jungfräulichen Arsch so fühlen würde.

"Setz dich noch ein bisschen." Sie sagte es ihm, ihre Hand auf dem Gesäß ihres Arsches, um ihn zu führen.

Er folgte schweigend ihren Anweisungen, seine Brust hob sich.

Jetzt hatte sie Platz zum Arbeiten und legte das schmale kegelförmige Ende gegen ihr Loch.

Ein kleines Knurren, als er spürte, wie die nasse Spitze gegen ihn drückte.

Es drückte nach unten.

"Entspann dich", sagte er erneut, "und lehne dich zurück."

Sie holte tief Luft und versuchte es.

Schnell rutschte der Stecker zur Hälfte und mit einem schnellen, harten Druck schob er ihn an seinen inneren Ringen vorbei.

Die runde, flache Basis saß bequem zwischen ihrem Gesäß.

"Oh mein Gott!!" Er stöhnte ... "Scheiße! Also alles rein!" Er keuchte und versuchte es zu regeln.

Sie knallte leicht auf ihren Arsch, stieg vom Bett und ging zum Schreibtisch.

Er nahm ein Paar Wäscheklammern und sie legte eine auf jede Brustwarze.

Er stöhnte und zitterte.

Zurück auf dem Bett vor ihm fuhr Veronica mit den Händen über ihre Schultern und über ihre straffen muskulösen Arme.

Reiben Sie Ihren Bauch mit den Fingern über die Wachstropfen.

Er sah zu, während sie ihn bewunderte, so gefesselt.

Mit ihrer Hand hinter seinem Kopf zog sie ihn näher an sich und gab ihm den versprochenen Kuss.

Der Kuss, den er verdient hatte.

Sie kniete zwischen seinen ausgestreckten Knien und ließ ihren Körper gegen seinen drücken.

Seine Zunge erforschte ihren Mund mit solch leidenschaftlichem Verlangen, dass sie dachte, er könnte genau dorthin kommen.

Der Ring um seinen Schwanz gab gerade genug Druck, um ihn aufzuhalten.

Gott, sie hat so gut geschmeckt!

Ein Strom floss durch seinen ganzen Körper, als er alles so akut fühlte ...

Seine Zunge füllte ihren Mund, ihr Arsch füllte sich mit dem Stopfen, sein Schwanz schwoll gegen den Ring an, ihre Brustwarzen brannten und ihr Körper war gebunden.

Er war zu ihrem Vergnügen ein Sklave!

Er schluckte Luft und hatte das Gefühl, an all den Empfindungen ersticken zu können.

Seine pochende Erektion drückte gegen ihren Körper.

"Bitte Veronica", bettelte er ... er war sich nicht sicher, worum er bettelte. "Bitte!"

Sie nickte und küsste ihn noch einen Moment lang.

Dann trat sie zur Seite und begann langsam, seinen geölten Schwanz zu wichsen.

Volle Bewegungen von der Basis bis zum Kopf.

Er schüttelte seinen Körper unter seiner Hand, grunzte und stöhnte.

Zuerst fühlte es sich unglaublich an und sie warf den Kopf zurück.

Aber als sein Tempo zunahm, wurde es überwältigend.

"Langsamer Bitte!" Er bettelte ... es war zu viel auf einmal.

Er versuchte eine Hand zu heben, um sie aufzuhalten, aber das Armband hielt ihn auf.

Sie beschleunigte das Tempo mit einem bösen Lächeln auf den Lippen.

Seine Hand glitt über die gesamte Länge seines Schwanzes und schlug gegen seinen Pilzkopf.

Es war fast schmerzhaft, sein Schwanz war so geschwollen vom Ring.

Er grunzte.

Seine andere Hand streckte die Hand aus, um sie gegen eine bekleidete Brustwarze zu drücken, und er schrie.

"Hmm, das ist in Ordnung, fühle es!" Sie flüsterte ihm ins Ohr.

Sie drückte ihren Körper gegen seine Hüfte und schlug ihn ständig.

Trotz der Unbeholfenheit seines Tempos spürte er, wie sich Druck in seinen Bällen aufbaute.

"Ich werde ... ich werde ..."

Ihr Körper krümmte sich, als sie versuchte, sich gegen den Ring zu lösen.

"Du wirst jetzt kommen!" Sie knurrte in sein Ohr.

Kopf zurückgeworfen, Hüften bewegten sich innerhalb der Grenzen seiner Knechtschaft, Orgasmus traf ihn.

Helle Lichter pulsierten vor seinen Augen.

Die Muskeln spannten sich fest an und heißes Sperma pulsierte in einem Bogen.

Sein Körper krampfte sich zusammen und Welle um Welle wurde dickes weißes Sperma von ihm ausgestoßen.

Sie schüttelte weiter seinen Schwanz, bis der letzte Tropfen aus seinem müden Schwanz ausgestoßen wurde.

Sein Körper fühlte sich so ausgelaugt an wie sein Schwanz.

Euphorie überkam ihn und er fühlte sich, als würde er schweben.

Mit ihren Fingern an seinem Kinn hob sie seinen Kopf und gab ihm einen weiteren Kuss auf den Mund.

Dann begann sie ihn langsam zu lösen und entfernte zuerst die Wäscheklammern.

Andrew streckte seine Glieder und stieg schließlich mit leicht unsicheren Beinen vom Bett.

Er sah schweigend zu, wie sie die Bettwäsche entfernte und in die Ecke warf.

Sein Schwanz ohne Ring hing schlaff.

Er dachte, er könnte tagelang schlafen ...

Aber sie zog sich jetzt aus, ihre nackten weißen Kurven waren weich im Kerzenlicht.

Oh Gott ... es war so lange her! Und sie war so schön!

Die roten Haare, die auf ihre Schultern fielen ...

Staubige rote Locken bedeckten ihren Hügel.

Sein Mund wässerte sich, als sein Schwanz zum Leben erwachte.

Sie zog die Decke und die Laken zurück und lag auf dem Bett.

Sie spreizte ihre Beine und fuhr mit einer Hand über ihre feuchte Muschi ... dann rief sie mit der anderen Hand danach.

Er kletterte auf das Bett, sein Gesicht in ihrer nassen Fotze vergraben.

Er erinnerte sich an das Absacken in ihrem Gesicht und benutzte seine Zunge, um ihre süßen Säfte zu beschichten.

Himmel !! Hier sollte es sein!

Alles Zögern war weg.

Das wusste er fast wie eine Gewohnheit ...

Wie er seinen Körper zum Brummen bringt, wie er es gerne tut.

Er leckte ihren Kitzler und saugte an ihren Lippen.

Sie stöhnte als Antwort.

Drei Jahre konnten dieses Wissen nicht auslöschen.

Er hob seine Hände, um ihre Brüste und Brustwarzen zu reiben.

Diesmal war sie jedoch schon auf halbem Weg zum Abspritzen, als er anfing.

Ihre Erregung war bereits tief, angeheizt von ihren Unterwerfungshandlungen.

Mit offenem Mund drückte er seine Zunge gegen sie, erstaunt über ihre Antworten.

Gutturales Stöhnen entging ihm.

"Verdammt, du bist gut, Andrew!" Sagte sie und streichelte ihre Haare.

Die Worte bereiteten ihm einen Anflug von Vergnügen und er leckte enthusiastischer.

Als seine Hände nach seinen Haaren griffen und sein Körper angespannt war, wusste er, dass sie sich ihrer Ankunft näherte.

Er hörte nicht bei seiner Arbeit auf, seine Zunge drückte gegen ihren geschwollenen Kitzler.

Und als der Orgasmus explodierte und sie nach Luft schnappte, war er bereit für die Ejakulation, die aus ihrer Muschi kam.

Das war noch nie passiert!

Sie drückte seinen Kopf gegen ihren, als er ihn trank.

Wow, mit der Nacht ging sicher etwas gut!

Er sah erstaunt auf ihren aufgeregten Körper hinunter.

"Leck weiter!" Sie grunzte und hatte einen weiteren Krampf, als er sich beeilte, ihm nachzukommen.

Ein dritter und vierter Orgasmus ließ ihren Rücken zittern und belohnte seine Mühe.

Schließlich ließ sie sich mit einem erschöpften Seufzer gegen das Bett fallen und zog ihn zu sich.

Sie küsste sein nasses Gesicht und drückte sein Gesicht in ihre Hände.

"Bist du für immer zurück?" Sie fragte.

"Mir ist vergeben?" Er suchte ihr Gesicht ab.

"Ja, das bist du ... Aber vertraue darauf, dass du wieder verdienen musst."

Er nickte ernst bei ihren Worten, ein trauriger Ausdruck in seinen Augen.

Aber dann rollte sie sich auf seine Brust und drückte ihn mit ihrem Körper ans Bett.

"Aber es gibt noch etwas anderes, Andrew. Wie du sehen kannst, habe ich mich verändert. Ich habe jetzt andere Bedürfnisse ..."

Sie starrte ihn mit einem hungrigen Blick an.

"Wenn ich es bemerkt habe!" Sagte er mit einem kleinen Lachen und schluckte schwer.

Ihr Gesäß wurde rosa, sein Schwanz ruckte gegen ihren Oberschenkel.

"Also, bleibst du für solche Dinge ... wie das, was wir heute Abend gemacht haben?" Die Frage kam mit einem ernsten Blick.

Er vergrub seinen Kopf in ihrem Nacken und nickte inbrünstig gegen sie, zu verlegen, um ihrem Blick zu begegnen.

Sein Schwanz pochte.

Mit einem tiefen Seufzer der Erleichterung drückte sie ihn fest gegen sich.

Die Intensität seiner Umarmung sprach mehr als Worte sagen konnten.

Mit wachsender Aufregung wusste er etwas ...

Er wusste, dass es zwar Höhen und Tiefen geben würde, aber auf diese Weise einfacher sein würde.

Viel besser als zu kämpfen ...

Lass ihn einfach gehen und lass ihn zu deinem Vergnügen ein Sklave sein.

ZUSÄTZLICHE STUNDEN
ERIKA SANDERS

53

Ich gehe in das hohe Bürogebäude und nicke dem Wachmann zu, während ich zu den Aufzügen gehe.

Ich rufe den Aufzug an und warte, bis er eintrifft.

Die Türen öffnen sich, ich gehe hinein und drücke den Knopf für den Boden, zu dem ich gehen möchte.

Die Türen schließen sich, ich schaue auf mein Kleid und glatte es mit meinen Händen.

Ich kann die Spitzen meiner Strümpfe fühlen, wenn ich meine Hände über meine Hüften und Schenkel schiebe.

Ich habe ein Spitzenoberteil, das die Strümpfe hält, so dass es keine Träger gibt, die meine Kleidungslinie ruinieren könnten.

Der Aufzug hält reibungslos an und ich steige aus.

Ich lächle höflich die Leute an, die vor der Tür warten und hinter mir den Aufzug betreten.

Die Türen schließen sich und ich höre den Aufzug ins Erdgeschoss fahren, und dann ist alles still.

Es ist spät, schon fast Nacht.

Die letzten Sonnenstrahlen strömen immer noch durch die Fenster, als ich den Flur entlang zu Ihrem Büro gehe.

Du wartest nicht auf mich.

Sie wissen nicht einmal, dass ich heute in der Stadt bin.

Ich komme an deiner Tür an und stehe still und schaue hinein.

Dort sitzen Sie an Ihrem Computer, tippen und konzentrieren sich auf den Bildschirm, ohne meine Anwesenheit im Raum zu bemerken.

Deine Hände schwanken auf den Tasten, dein Kopf neigt sich zur Seite und ich höre dich tief durch deine Nase atmen.

Wenn du anfängst, deinen Kopf zu drehen, schiebe ich meine Hände über deine Augen.

"Ratet mal, wer ich bin" Ich atme in dein Ohr.

"Bist du es wirklich?" Sie flüstern überrascht.

Ich nehme die Rückenlehne Ihres Stuhls und drehe Sie, um mich anzusehen.

"Hallo Schatz". Ich lächle in dein erstauntes Gesicht.

Du stehst auf und nimmst mich in deine Arme. Du bist sprachlos, während du mich festhältst. Ich kann deinen Atem in deiner Kehle hängen hören und ich ziehe mich zurück, um in deine Augen zu schauen.

"Ich kann nicht glauben, dass du es bist ... du bist tatsächlich hier."

"Ich habe dir gesagt, ich würde kommen." Ich antwortete mit einem Lächeln.

"Oh Schatz, es ist so schön dich zu sehen." Du sagst, während du dein Gesicht in meinem Nacken vergräbst.

Deine Arme fühlen sich so gut um mich an und du riechst göttlich.

Deine Lippen an meinem Nacken legen kleine Küsse auf meinen Mund, und als sich unsere Lippen zum ersten Mal treffen, fühle ich mich wie zu Hause.

Wir kannten uns seit Monaten vom Online-Chatten, Kennenlernen, dem gleichen albernen Sinn für Humor ...

Er genoss seine Intelligenz ...

Jetzt waren wir alleine.

Ich habe keinen Grund gesehen, nicht in deine Stadt zu reisen.

Und hier waren wir endlich zusammen.

Ich fühlte, dass ich in deinen Küssen ertrank, die Hitze lief durch meinen Körper.

Ich schob dich in deinen Stuhl zurück und streckte die Hand aus, um deine Krawatte zu lösen.

Langsam knöpfe ich meine Krawatte auf und lasse sie zu Boden fallen.

Als nächstes mache ich die Knöpfe an deinem Shirt rückgängig ...

„Sollten wir nicht an einen bequemeren Ort gehen?", Fragen Sie.

"Ich kann nicht so lange warten." Ich antworte atemlos, während ich dein Hemd aus deiner Hose ziehe und mein Kleid anhebe, damit ich mich auf deinen Stuhl setzen kann.

Deine Hände laufen über meine mit Strümpfen bedeckten Beine und spüren den Kontrast zwischen dem Spitzenoberteil und der glatten Haut meiner Oberschenkel.

Ich höre dich leise stöhnen, als ich meinen Mund wieder über deinen schließe.

Ich spüre deine Härte durch deine Hose, während ich mich auf deinem Schoß bewege.

Ihre Hand erreicht den Reißverschluss auf der Rückseite meines Kleides und ich kann fühlen, wie er nach unten gezogen wird, bis mein Kleid von meinen Schultern fällt und meine Brüste sichtbar werden.

Mit einem Stöhnen vergraben Sie Ihr Gesicht in meiner Spaltung und saugen hungrig an meinen Brustwarzen.

Jetzt winde ich mich in deinem Schoß, greife nach dem Hosenbund und öffne ihn.

Außer Atem stehe ich auf und lasse mein Kleid auf den Boden fallen.

Ich trage kein Höschen, also habe ich nur noch Strümpfe.

Ich stehe auf, indem ich deine Hosen und Boxer runterdrücke.

Sie setzen sich wieder hin und treten die Kleidung aus dem Weg.

Deine Erektion ist groß und stolz, und ich lasse mich auf die Knie fallen und verehre sie mit meinen Lippen und meiner Zunge.

Ihre Hände greifen nach den Armlehnen des Stuhls, weiße Knöchel.

Ich höre dein lustvolles Stöhnen, wenn ich dich tief in die Wärme meines Mundes sauge.

"Steh auf!" Ich höre dich bestellen und gehorche deinem Befehl.

Du ziehst mich zu dir, während du dich nach vorne beugst und dein Gesicht in meine Muschi vergräbst.

Deine Zunge taucht zwischen meinen rasierten Lippen, leckt meinen Kitzler und macht mich vor Verlangen verrückt.

Bald stöhne ich vor Vergnügen, eine Hand hinter deinem Kopf, und ziehe dich näher an mich heran.

Ich kann nicht länger warten und ich drücke dich an deinen Schultern und unter meiner glänzenden nassen Muschi an deinem Schwanz zurück.

Senke mich langsam auf dich, dein Schwanz füllt mich tiefer und tiefer.

Ein Stöhnen entweicht meinen Lippen, wenn ich dich tief in mir fühle.

Dein Gesicht wieder zwischen meinen Brüsten, wenn ich mich langsam auf und ab bewege.

Du fühlst dich großartig in mir an, aber die Armlehnen deines Stuhls machen es schwierig, sich zu bewegen.

Sie können mein Unbehagen sehen und halten mich sanft auf und schlagen vor, dass wir die Position wechseln.

Du bringst mich dazu aufzustehen und meine Frustration ist offensichtlich, ich brauche dich jetzt!

Du drehst mich um und faltest mich auf deinen Schreibtisch.

Dann fühle ich, dass du von hinten in mich eindringst.

"Oh ja ... ich liebe es so ..."

Dein harter Schwanz füllt mich noch einmal und ich fange an laut zu stöhnen.

Ich höre dich die Tür zuschlagen.

"Nicht zu laut Schatz ... Für den Fall, dass jemand etwas hört ..."

"Ich werde es versuchen ..."

Ich stöhne, als ich mir in die Hand beiße und versuche, meine leidenschaftlichen Klänge einzudämmen.

Zuerst drückst du mich langsam in mich hinein und aus mir heraus, aber es dauert nicht lange, bis du anfängst, dich schneller zu bewegen.

"Oh bitte ... härter ... fick ... mich ... härter ..."

Deine Hände greifen nach meinen Hüften und du fängst an, deinen Schwanz hart in meine feuchte Muschi zu schieben.

Die Geräusche unserer Körper, die gegeneinander klatschen, sind zusammen mit meinem gedämpften Stöhnen zu hören.

Stärker und schneller tauchst du in mich ein.

Ich kann fühlen, wie sich ein weiterer Orgasmus nähert und mein Körper sich vor Erwartung spannt.

Wenn du mich schlägst, höre ich, wie du deinen Atem freigibst, wenn du in mich kommst, die Wände meiner Muschi ziehen sich um deinen Schwanz zusammen und ich stöhne vor Vergnügen.

Wenn sich unsere Atmung wieder normalisiert, setze ich mich auf und drehe mich zu dir für einen weiteren langen, langen Kuss.

"Oh Liebling, das war unglaublich ..." Du sagst es mir zwischen den Küssen.

"Du warst auch unglaublich." Ich lächle und beiße sanft auf deine Lippe. "Jetzt bin ich am Verhungern, bringst du mich zum Abendessen oder was?"

.

FANTASIEN:
BDSM UND DREIE
(EROTISCHE DOMINATION)
ERIKA SANDERS

KAPITEL 1

Susy trug nur einen Pelzmantel und betrat den Raum.

Fred ist mit gespreizten Beinen ans Bett gefesselt.

Die Erregung in seinen Augen stimmte mit der steinharten Erektion überein, die er zeigte.

Das war seine Fantasie.

Zu ihrem Jubiläum hatten sie beschlossen, sich ihre gewählte sexuelle Fantasie zu gönnen.

Fred wollte schon immer Sklaverei versuchen und war endlich mutig genug gewesen, es vorzuschlagen.

Zu seiner Überraschung lachte sie nicht, sie liebte die Idee und war erfreut, eine Vielzahl von Gegenständen zur Auswahl zu finden.

Freds Handgelenke waren mit Seidenschnüren am Kopfteil befestigt.

Als er sie langsam auf sich zukommen sah, konnte er nicht anders, als seine Fäuste zu ballen und an seinen Fesseln zu ziehen.

Der Mantel war vorne aufgeknöpft und als sie ging, konnte er ihre Brüste, ihren Bauchnabel und ihre Schamhaare sehen.

Es schien ewig zu dauern, bis das Ende des Bettes erreicht war.

Sie kletterte auf das riesige Bett und kroch seinen Körper hinauf.

Das Fell streifte sinnlich ihre Haut.

Sie nahm seinen Mund mit ihrem fest, als sie ihren Körper an ihm rieb.

Er liebte es, dass sie die volle Kontrolle hatte, aber er hatte nicht bemerkt, wie sehr er sie berühren wollte.

Ihr heißer Mund war auf seiner Erektion, saugte und leckte ihn, er stöhnte und seine Hüften hoben sich aus dem Bett und sehnten sich nach mehr.

"Oh ... Susy ... du kannst mich jetzt losbinden, lass mich dich berühren."

"Oh nein ... du wirst gefesselt."

Sie lächelte ihn an, als sie seine Eier umfasste und ihre Finger hinter sie schob, um die empfindliche Haut dort zu massieren.

"Mmmm Schatz ... das ist gut, aber ich möchte dir auch Freude bereiten."

"Oh, das wirst du."

Susy zog ihren Pelzmantel von den Schultern und ließ ihn zu Boden fallen.

Und mit einem bösen Lächeln kroch er zurück zum Bett.

Sie kniete sich auf das Kissen, ein Knie zu beiden Seiten von Freds Kopf und senkte ihre Fotze auf seinen wartenden Mund.

Fred leckte eifrig, als sie sich vorbeugte und seine Härte wieder in ihren Mund nahm.

Es war schwierig für sie, sich auf das zu konzentrieren, was sie tat, weil ihre Zunge sie verrückt machte.

Süße Empfindungen liefen durch ihren Körper, bis sie anfing zu zittern und dann schrie, als ihr Orgasmus an ihren Gliedern schauderte.

Sie zog sich von ihm zurück, rutschte seinen Körper hinunter und spießte sich auf seiner steifen, erwartungsvollen Männlichkeit auf.

Sie hörte Fred nach Luft schnappen und sich unter ihr winden, als ihre warme Feuchtigkeit ihn umhüllte.

Sie begann langsam zu steigen und zu fallen und rutschte über ihre gesamte Länge auf und ab.

Sie liebte das Gefühl von ihm in sich, füllte sie und streckte sie bis an die Grenzen.

Sie drückte sich fester gegen ihn, er spürte, wie die Spannung in ihrem Körper wieder anfing und sie begann ihn ernsthaft zu reiten.

Stärker und stärker schlug sie gegen ihn.

Sie wusste, dass er in der Nähe war, aber sie konnte selbst damit nicht so schnell dorthin gelangen.

Er ließ seine Hand über ihren Körper gleiten und begann sich zu vergnügen.

Spiel mit ihrem Kitzler mit seinem Finger und erreichte einen Orgasmus, einen Moment nachdem Fred in ihr ejakuliert hatte.

Sie legte sich neben Fred und schnallte die Seidenschnürsenkel ab.

Er rieb sich die Handgelenke und nahm sie dann in die Arme.

"Das war unglaublich", sagte er, als er sie fest gegen sich drückte. "Aber ich habe bemerkt, dass du dir helfen musstest, wieder zum Orgasmus zu kommen. Kann ich nichts tun, um dich kommen zu lassen, während ich in dir bin?"

"Weißt du", begann Susy zögernd. "Es gibt etwas, worüber ich mich immer gewundert habe."

"Sag es." Fred sagte: "Lass mich deine Fantasie erfüllen."

"Ich habe mich immer gefragt, wie es sich anfühlen würde, wenn jemand es essen würde, während du in mir bist ..." Susy zögerte und hoffte, Fred würde sich weigern.

Er dachte einen Moment sorgfältig nach.

Er war überrascht von seiner Bitte.

Es müsste jemand sein, dem sie vertrauen können, dachte er.

"Kannst du mir etwas Zeit geben?" Fragte er als er in ihre Augen sah. "Du musst mir vertrauen, um jemanden zu finden, der geeignet ist, jemanden, der diskret ist."

"Ja bitte." Sie war überrascht, dass er ihren Wünschen zustimmte.

Fred verstand es vollkommen.

"Okay Susy, du hast meine Fantasie erfüllt, jetzt werde ich deine erfüllen."

KAPITEL 2

Ungefähr eine Woche später kam Susy nach Hause und stellte fest, dass Steven zu Besuch war.

"Hallo Steven, was bringt dich hierher?" Susy umarmte ihn herzlich; Sie war Steven immer nahe gewesen.

"Hey Baby, ich bin gerade vorbeigekommen und dachte, ich würde sehen, wie es euch beiden geht."

Sie machten Tee für die drei.

Sie rösteten Marshmallows über dem Feuer und Fred bestand darauf, Erdnussbutter- und Geleesandwiches zu machen.

Die Nacht hat Spaß gemacht und die drei hatten ein paar Flaschen Wein.

Schließlich sagte Susy, sie sei bereit, ins Bett zu gehen, und als sie gute Nacht sagte, bemerkte sie den Blick zwischen Fred und Steven nicht.

Er zog sich aus und schlüpfte zwischen die Laken.

Fred schloss sich ihr an und nahm sie in seine Arme und begann ihren Körper zu streicheln.

Ihr Kopf drehte sich sowohl mit Alkohol als auch mit Verlangen und bald küssten sie sich leidenschaftlich, Fred streichelte ihre Brüste und saugte an ihren Brustwarzen.

Susy klammerte sich an seine Schultern und drängte ihn, ihm zu folgen.

Seine Finger bohrten sich in ihre Falten, verteilten ihre Feuchtigkeit und tasteten nach innen.

Er konnte fühlen, als würde er kommen und sich seinem Höhepunkt nähern, und dann ging Fred weg.

"Nein ... Fred, hör nicht auf ... bitte ..."

Fred hielt sie auf sich und brachte sie auf seine Erektion.

Susy schnappte nach Luft, als er sie mit seinem Schwanz füllte.

In ihrer Frustration begann sie gegen ihn zu reiben.

Sie wollte unbedingt kommen, dass sie anfing, eine Hand zu senken, aber Fred nahm ihre Hand und hielt sie.

Sie senkte ihre andere Hand und er packte sie auch.

"Nein Fred, du weißt nicht was das mit mir macht ...", bettelte er.

Fred war entschlossen, so lange die Kontrolle zu behalten, wie es dauerte.

Susy drückte sich gegen ihn, er war so nah dran, aber er brauchte etwas mehr, um sie an ihre Grenzen zu bringen.

In ihrer Frustration hörte Susy nicht, wie sich die Schlafzimmertür öffnete und Steven leise den Raum betrat.

Sie war sich seiner nicht ganz bewusst, bis sie spürte, wie seine Hände hinter ihr ihre Brüste umfassten.

Sie war so geschockt, dass sie erstarrte und sich umdrehte, um Steven nackt hinter sich zu finden.

"Steven!" Sie schnappte nach Luft, als seine großen Hände sanft ihre Brüste drückten.

"Ich bin hier, um deine Fantasie zu verwirklichen, Baby." Er flüsterte in ihr Ohr.

Seine Stimme ließ sie kalt werden.

Ich war begeistert von der Idee, aber auch nervös.

Ich habe so etwas noch nie gemacht.

"Es ist okay, Susy, genieße es einfach." Er drängte Fred.

Als die beiden Männer sie ermutigten, sich hinzulegen, nahm Steven ihre Brüste zwischen seine Hände und begann sie zu lecken und zu knabbern.

Die Überraschung von Stevens Ankunft hatte ihre Aufregung für einen Moment gedämpft.

Aber jetzt schuf er ein neues Feuer in ihr.

Fred war immer noch tief in ihr begraben, während Steven ihren Körper leckte.

Er tauchte in ihren Bauchnabel ein, bevor er weiter sank.

Susy rutschte sehr langsam über Freds Glied und als Stevens Zunge ihren Kitzler erreichte, dachte sie, sie würde vor Vergnügen sterben.

Fred erschrak. "Oh!" als er Stevens Zunge an der Basis seines Mitglieds spürte.

Es war völlig unerwartet und unglaublich aufregend.

Steven leckte Susy weiter und hielt dabei einen perfekten Rhythmus beim Geschlechtsverkehr.

Susy war verrückt nach Verlangen; sie hatte so etwas noch nie gefühlt.

Die Empfindungen waren so intensiv.

Stevens Fachsprache war auf ihrem Kitzler und Fred war heiß und hart in ihr.

Die beiden kombinierten Empfindungen waren explosiv.

Plötzlich stieß Fred auf sie zu und Susy schrie mit ihrem Orgasmus.

"Zu empfindlich ...", murmelte Susy, als sie ihren Kopf von Steven abwandte.

Dann brachte es Fred zu seinem Höhepunkt.

Susy brach zusammen, als Fred in der Hitze der Leidenschaft nach Luft schnappte und schwitzte.

Susy sah Steven verlegen an und bemerkte seine pochende Erregung.

Sie flüsterte in Freds Ohr und er nickte.

"Lass mich dir damit helfen." Sagte Susy bevor sie es in ihren Mund nahm.

Fred sah zu, wie seine Frau Stevens Schwanz in voller Länge lutschte.

Sie zog ihn tief und nahm alles, was sie konnte.

Dann begann ein Rhythmus, zwei schnell und flach und einer tief und langsam. Sie fuhr sich mit den Nägeln über die Schenkel und spürte, wie sie sich spannten.

Bald kam er in ihren Mund, als sie so schnell sie konnte schluckte.

Fred fand es unglaublich aufregend ihn zu sehen, er wurde in kürzester Zeit wieder hart.

Also wollte ich es sofort wieder tun.

Er rollte sich auf den Rücken und schob seinen Schwanz in Susy, als Steven den Raum verließ.

ENDE